オーストラリア・キュランダ高原列車の前で。
旅行好きだった夫の元気な頃（2002.8）

猊鼻渓舟下り。左目を摘出してから家族３人で行った旅先で（2012.10）

病気知らずだった若い頃の夫と娘。蓼科にて

手のひらから

Tenohira
kara

中原恵子
Nakahara keiko

文芸社

プロローグ

二〇〇九年夏、夫は発病しました。

左上顎洞癌、左頬に癌ができたのです。あの時は、まだ生きていた愛犬ファーレを連れての二度目の旅行の頃でした。旅行に行く何日か前、「歯が痛いから、鎮痛剤ある?」と聞かれ、薬を渡しました。かなり痛そうな様子でした。夫は歯医者が苦手で、最後に行ったのは子供の頃、それ以来行っていません。娘も私も歯医者に行くよう勧めましたが、結局は行きませんでした。旅行中やはり痛そうにしていましたが、薬を飲み飲み、なんとかしのぎ、私達家族三人と一匹は、楽しい旅行を終えました。

旅行から帰ったあともずっと痛かったのでしょう。あの歯医者嫌いの夫が歯医者に行ったのです。でもそこで「これは歯じゃない、耳鼻科だ」と言われたそうです。

耳鼻科に行きました。「これは大きな病院へ行った方がいい。紹介状書きますから」と言われ、家から一番近い総合病院へ行きました。そこでレントゲンとCTを撮り、「骨が溶けてなくなっている。うちではできない、大きな病院へ行ってください」と言われたそうです。それを聞いて私は非常に驚きました。骨が溶けてなくなるなんてことがあるの？　と。先生との話の中で動揺して、そう受け取ったのかもしれない。でもいずれにせよ、大変なことだ、とショックでした。大学病院へ行きました。そして「癌」と診断されたのです。

最初は一カ月入院して抗がん剤と放射線による治療を受け、退院後の一カ月は平日毎日通院し、放射線治療を受けました。その前後も入れて三カ月間、夫は会社を休みました。

その後の検査で「今のところ、癌細胞はなくなっている」と言われ、（良かったー！）と、あの時は本当にうれしかったです。でも一年経って、再発。それから は再発、再発の連続で、入退院を繰り返し、手術も何度も受けました。

それでも最初の頃救いだったのは、治療や手術のおかげなのか、痛みはもうないようで、退院して家にいる時は会社に行って仕事していましたし、内臓が悪いわけではないので、食欲もあり、よく食べましたし、通院の際は主治医からお話がある、という時以外は一人で通っていました。「入院」を除けば、いたって普通の、病気になる前と同じ生活だったのです。ですから介護は必要なかったですし、普段の生活と違うことで私がしたことといえば、入院中病院へ通い、夫の欲しいものの調達と、洗濯物を持ち帰り洗って、また持って行く、ということくらいでした。

そんな生活が続き、発病して三年経った二〇一二年夏、「癌が目まで行っている」と言われてしまいました。左目摘出です。もう、何をどう考えてよいのか。夫これだけ治療や手術をしているのに、どうして目にまで行ってしまったのか。夫と私は同じ気持ちだったと思います。主治医の話を聞き、質問し確認しました。

誰だって目をとりたくありません。できれば目を残したいです。でも命を取るか、目を取るか、ということなのでしょう。命に決まっています。手術を受けました。手術は眼科ではなく耳鼻科で行われました。後日病院へ行くと、夫はうなだれた様子もなく普通にしていました。そして「前の日は眠れなかったよ」と、それだけ言いました。それを聞いて私は（この人は強い人だなぁ）と心底思いました。

その後、目までとったのにまた、再発。手術を受けました。それから三カ月と少し経った頃、風邪を引いたのをきっかけに体力が落ち、その頃からだんだんと動くのが辛くなっていったようです。

二〇一三年夏、あんなに真面目に会社に通っていた人が会社を休み始め、家では横になっていることが多くなり、徐々に生活が変わっていきました。そして、正式に長期欠勤届を出したのです。

それからは二週間と少し入院して四、五日家にいて、という入退院が何回か続き、秋からは毎週一回の一泊入院、翌年六月の終わりからは、毎週一回の日帰り入院になりました。

娘は以前、救命救急に搬送され危険な状態になったことがありました。おかげさまで今は元気に仕事に通っています。でもその時の娘を発見したのは、夫でした。夫はどんなにか娘を心配していただろうと思います。

二〇一四年十一月、まだ五十六歳でした。これは会社の長期休暇に入ってからの話です。

夫が安らかにいてくれることを祈っています。

目次

手のひらから、指のすき間から、
砂がこぼれ落ちるように、命がこぼれ落ちていく。
どうしてなのだろう・・
一生懸命、頑張って、頑張って、助かる人とそうでない人と、
その線引きはどこでされるのだろう・・・

——何もしなくてもいい、一緒にいてくれるだけでいいんだ——

一緒にいてくれるだけで良かったのは、私だったのかもしれない。

「恵子ちゃん、今度のお正月は、お父さんのところに行ってきなよ。もう何年も行ってないんだから。俺だったらこういうふうに食べるもの、出しておいてくれれば大丈夫だから」

そう言ってくれたじゃない。気づかってくれたじゃない。

それなのに・・

第一章

一泊入院から日帰り入院へ

きれいだなぁ

二〇一四年春、一泊入院でJ医院に向かうタクシーの中だった。病院が近づくと、この通り沿いの見事な桜並木が目に入る。桜を見て「きれいだなぁ」って。一言だけ、そう言った。花を見てそんなふうに言う人じゃなかったのに。

心からそう感じているのが分かった。でも私は何も言わなかった。

この頃、私は、必要なこと以外は夫と話さないでいた。

発端は、N医療センターでサイバーナイフ放射線治療を受けるよう主治医から言われ、そのため同センターを受診した日のことだった。この治療は以前も受けたことがある。以前は通院で治療を受けたが、今は外では車椅子なので、毎日通うのは体力的に無理がある。一週間入院しての治療になった。入院は三週先だ。それまではJ医院の一泊入院が続き、N医療センター退院後はJ医院に戻り、また一泊入院は続く。この日家に帰り、夕飯の買い物に行く前にそれは始まった。

買い物に行く前、いつものようにメモを持って夫の部屋へ行き、夫の買って来て欲しいものを聞いた。夫は何も言わず、少ししてから「上に来る時、水を持って来て、と言っただろ！」と声を荒らげた。

夫はよくベッドの中から用を言いつけるのだが、階下にいては何を言っているのか聞こえない。声が聞こえた時は、何なのかを聞きに行っていた。

「上からじゃ聞こえない、っていつも言っているでしょ」

私は台所へ下り、水を持って行った。夫が買って来て欲しいものを言わないので、私はそのまま買い物に行った。

家に帰り夕飯を作り、夫の部屋に「ご飯だよ」と言いに行った。一日中ベッドの中にいて、昼ご飯はベッドの上。夜はお風呂に入るので、夜だけは一階に下り、お風呂の前に食卓で夕飯を食べる。下へ来た夫は椅子に座り、少しだけ食べ、烈火のごとく怒鳴り始めた。

「何だ、これは!!!　あなたは人の話を何も聞かない!!!　パンが食べたかったんだよ！」

（そんなこと、一言も言わなかったじゃない！）私だってカァッとなった。

「パンならクロワッサンがあるわよ！」

「そんなもの、食べたくない！　食パンが食べたかったんだよ！」

それからは言い合いだ。

「メモ持って聞きに行ったでしょ！　そんなに食パンが食べたいなら、買って来るわよ！」

私はコートを着、バッグを持った。

「ああ、買って来い!!　さっさと買って来い!!!」

話がまた、買って来て欲しいものを聞きに行った時点に戻り、夫は私が夫の話を聞かなかったと言い、堂々巡りの言い合いだ。結局は「買って来なくていいよ!!」と言い、それでも言い合いは続いたが、少ししてから私はコートを脱いだ。
「あなたが一番辛いのだろうけど、周りだって辛いのよ！」
私は自分の部屋へ行き、布団を被った。

ここのところ、急に激昂して怒鳴りながら箸をテーブルに投げつけたり、箸が持てなくなってからはフォークを投げつけたり、理不尽なことばかり言ったりということが多くなった。私は何を言われても黙って聞いていられるような、すべてを飲み込めるような、できた人間ではない。頭にくることだってある、普通の人間だ。それでも今までそういう時、私はそれを流していた。

が、食べたいものなど言わなかったのに、私が夫の話をまったく聞かない、とあんなに大声で怒鳴って、今日ばかりは黙って「はい、はい」とは言えなかった。

食後の水・お茶・栄養機能食品飲料・薬の用意、お風呂の準備はしてある。いつも食べ終わると、私は夫が薬を飲むのを手助けするが、今日は（一人で飲めばいい）と思った。

しばらくして夫はお風呂に入ったようだった。抗がん剤の影響で夫は体中の皮膚がボロボロだ。毎日私は、風呂上がりの夫の全身に塗り薬を塗る。四種類の薬を部位によって塗り分けるのだ。でも今日は（自分で塗ればいい）と思った。ただ、塗り薬が分からないと困るだろうからと、お風呂に入っている間に塗り薬をテーブルの上に出し、お風呂後の飲みもの、夜のベッドの横に置く水、それらを用意し、また部屋に戻った。

お風呂から出た夫は、下から娘の名を呼び、「手伝ってくれるー！　早く来てくれるー！　薬塗ってくれよー！」と繰り返した。娘はもう寝ている。そして「ママー‼　何もしないんだったら、出て行ってくれるー‼」と大声で言った。何度も何度も。

情けなかった。トイレに入ったり、お風呂に入ったり、ものを食べたりは自分でするが、それ以外のほとんどのことはしているのに。私は深く布団を被った。でも、娘と私に叫び続ける夫。私はどうしようもない気持ちを抑えつけて、勢いよく起き上がって下へ行った。

夫は何もせず、ただ座っていた。私は薬を塗り始めた。塗られながらも相変わらず文句を言い続けている。私だって言ってやりたい。

「出て行くのも荷物があるから、すぐには出て行けないから」

「荷物なんてどうでもいいから、早く出て行け」

薬を塗っている私に、そう言った。それがこの日に起きたことだ。

その翌日も夫は文句を言い続け、その後も激昂する日があった。そしてN医療センター入院。退院後も、夫が「あー!!」とか「うー!!」と大きな声で言うたび、私は（また、始まる！）とビクビクしていた。

そんな頃だったから。桜を見て「きれいだなぁ」と言う夫に、私は何も返事をしなかった。

でも、そんなこと言う人じゃなかったのに。静かに一言だけ言って・・・。夫のきれいな心の部分が真っすぐに桜を感じたのだ、と思った。

そう言った夫を見て、私は日に日にゆっくりと、心が解きほぐれていった。

六月に入り、ＭＲＩを撮った。サイバーナイフを前回初めて受けた時に主治医からあった説明だが、サイバーナイフは治療から効果が出るまで二カ月くらい経たないと判らないそうだ。その結果を診るためだ。説明書に「放射線治療は腫瘍容積が五十パーセント以下に縮小すれば奏功（効いている）、腫瘍容積が大きくならない場合でも有効（効果あり）と判断」とある。もちろん、なくなってくれること、それを一番望んでいる。でも、なくならなくとも小さくなったのだったら、それもとてもうれしい。もし小さくなっていなくても、大きくなっていなければ、それは癌を抑えられたということ、望みを持てる。結果を聞くのが待ち遠しかった。

一週間後、主治医からお話があった。

「良くなっていない」

私達は（今度こそ、きっと）と思っていたので、思わず息を呑んだ。

「癌はなくなっていない。非常にゆっくりとしたペースで進んできた。目の後ろはすぐ脳なので、脳のところに広範囲にある。脳をとるわけにはいかないので、もう手術はできない。手術・抗がん剤・放射線とすべてやってきて、体の状態も良くなくなっている。はっきり言って、もう打つ手がない」

　何とも言えない沈黙のあと、私は「でも、何もしないわけにはいかないので・・」と言っていた。「打つ手がない」と言われたって、何かして欲しい、なんとかして欲しい、とにかくなんとか、そう思って、そう口を衝いて出た。少しの間があった。私達は主治医の言葉を待った。

「では、治療方針を変えましょう。来週からは毎週木曜の日帰り入院で、点滴と抗がん剤の飲み薬を増やすことにしましょう」

　なんとか繋がった、治療を続けてくれる、その間に何かしなければ、何か良い方向に向かうものを探さなくては。私の頭はそのことでいっぱいになった。ほとんど無言だった夫は、「そんなに悪くなっているとは思わなかったので・・」と、それだけ言った。

　家に着き、夫は無言で椅子に座っていた。そして吐き捨てるような強い口調で、それなのに泣いてはいないけれど涙がかった声で、「どうせ、あと一年か二年だろ」と言い捨てた。瞬間、私は「私は諦めないよ。絶対諦めない」強くきっぱりと夫に言った。

「ありがとう・・」

夫は涙を呑んだ声で、か細く言った。

希望を探して

私は必死だった。何かないか、何か良くなるものはないか。そしてアガリクスを知った。

アガリクスはキノコだ。癌はもちろんのこと、いろいろな病気に効くという話を聞く。免疫力を高め、病気を追い出そうという食品だ。夫に話した。夫は、

「病気に効く飲みもの、っていうのがあるのは聞いたことあるけど。薬飲んでいるのに、一緒に飲んでいいの?」

「アガリクスは食品なの。とにかく問い合わせて資料送ってもらう」

「でもそういうのって、値段高いんでしょ」

そんなこと、言っていられないじゃないの。私はすぐさま、

「命に代えられない」と言った。

私は早々に、二社に資料請求をした。電話で話を聞き、送られてきた資料も読んだ。夫にも読んでもらった。夫は、一社の方は「これは高すぎるよ」と言った。私もそう思った。でも値段ではなく、私はもう一社の方にとても興味を持った。これは良いのではないか？　体に良いものだったら、病気に効くものだったら、実際に症状改善している人がたくさんいるのだったら、試してみる価値はある。夫とも話し、まずお試しキャンペーンで試してみることにした。

待ち望んでいたものは注文した翌日に送られてきた。期待でいっぱいだった私は、ワクワクして中を見た。

飲んでみて夫が嫌ではなかったら、続けよう。何でも個人差はある。速く効く人もいれば、ゆっくり効いてくる人もいるだろう。仮に速く効かなかったとして、

だからといって、止めてしまっては駄目だ。早い段階で目に見えて変化がなくとも、続けていけば徐々に良い方向に向かうかもしれない。いや、そうあって欲しいし、続けなければ分からない。みるみると変化がなかったとしても、続けて悪いわけがない。だって、体に良いものなのだから。これで体の状態が少しずつでも良くなってくれれば、そして願わくば奇跡が起きてくれたら。

私はこれからが楽しみだった。きっと良くなる、良い方へ向かう、そう思って。

週一回の日帰り入院は、午前中に病院に入り、病室で荷物を出し、着替えを手伝って一通り支度が終わると、夫の買って来て欲しい飲みもの二、三本を売店に買いに行き、病室へ戻る。そのあと、午後、点滴が終わるくらいの時間まで、私はどこか外へ出たり、あるいは院内で時間を潰す。アガリクスのお試しセットを飲み始めたある時、

「今日先生に聞いてみたんだ、アガリクスのこと」

「何て聞いたの?」

「アガリクスを飲んでいるのだけど、今飲んでいる薬との飲み合わせとかあるだろうから、飲んでいてもいいですか、って」

「先生、何だって？」

「特に何も言わなかったけど『飲んでいるのですね？』って」

「良いとか、駄目とか、は？」

「言わなかった。『じゃ、飲んでいてください』って」

「そうでしょう、だってアガリクスは食品だもの。薬じゃないのだから」

　そんな話をした。もちろん、食事に制限があったりキノコが駄目と言われていたり、キノコアレルギーであるとか、そういった場合は飲んではいけないだろう。でもそうでなければ、飲んでいけないわけがない。夫も良いものだ、と納得して飲んではいる。アガリクスは食品であって薬ではない、と解ってもいる。が、やはり飲み合わせとかが気になっていたのだ。当然だ。自分の体だもの、自分の命だもの。慎重になるのは当たり前だ。そうあるべきだ。でもこれで、主治医がそう言ってくれたことで、夫は心置きなく飲むことができるだろう。

人間の気持ちは不思議だ。アガリクスを知った頃から、そう、まだ飲み始める前なのに、私の心は希望を見つけ、とても気持ちは明るくなっていた。主治医に「打つ手がない」と言われ、何かないか、なんとか良くなるように、そういうものはないか、と頭の中はそれを探し、まったく余裕など持てなかった気持ちが、だ。それが希望に満ちると、気持ちはこんなにも変わるのか、と。

治療方針が変わり、毎週毎週約八カ月半続いた一泊入院から、週一回の日帰り入院になった。この結果を診るためにおそらく三カ月後くらいには、またMRIを撮るだろう。私はそれが楽しみだった。良い方に向かっているに違いない。主治医もきっと、驚かれるだろう。何より私達二人は飛び上がらんばかりにうれしさを噛み締めるだろう。そんなことを考えると、本当に楽しみで、気持ちはなおさら明るくなった。

明るくなると元気も出て、私は点滴が終わるのを待っている間、病院の近くをあちこち散策するのが楽しみになった。

「今日は、おりがみ会館に行ってきたんだ。たしか瑛美も中学の時、学校で行ったと思うよ」

「へぇ。近くにあるの？」

「うん。道にある地図を見たら、ああ、こんなところにあったんだ、って思って。向こうの道をグルッと行くんだけどね。この前は湯島聖堂と神田明神に行ったんだ」

　そんな話を迎えに行った時、したことがあった。


　ある日、夫が言った。

「恵子ちゃん、待っている間、東大の三四郎池に行ってきなよ。少しあるけど、そこの道、真っすぐ行くと東大あるから」

「今、水道歴史館にはまっているんだ。暑いから映像で水を見ると、気持ち良くって癒やされる。すぐそこ。今まで行ったところより一番近いよ」

「ふーん、サッカーミュージアムは？」

「私、あんまりサッカー好きじゃないからなぁ」

そう言ったけど、それから一度行ったんだよ。そのこと、特に言わなかったけど。たわいなく二人でそんな会話を交わした。ありきたりな会話を二人でするのが、心地よかった。

三四郎池は結局・・、行けなくなってしまった・・・。

第二章

家で

少しずつベッド生活へ

夜、夫は黙ってしばらく椅子に座っていた。そしてポツリと口を開いた。

「恵子ちゃん、嫌だろう？」

「何が？」

「こんな海坊主みたいになっちゃって」

そう言って下を向いたまま、頭をゆっくりグルッと撫でた。

（嫌なわけ、ないじゃない！　病気なんだから、仕方ないじゃない！）咄嗟にそう思ったが、そう言うと傷つけるような気がして、

「毛、生えてきているよ」何事もないように、たいしたことではないように、そう言った。夫は下を向いたままだった。

夜だけは一階に下りて食卓で食事をしていた夫だったが、それもだんだんときつくなってきたのだろう。夕飯もベッドで食べるようになり、そうなるとベッドから出るのは、トイレとお風呂と通院の時だけになった。

ある日買い物から帰ると、家の近くでご近所のご主人に会った。夫のことを心配してくれていた。

家に入り夫の部屋へ行き、

「今そこでYさんのご主人に会ったのだけど『ご主人、いかがですか』って心配してくれていたよ」そう言うと、

「あの人はそうなんだ。いつも心配してくれるんだ・・」

優しく静かに、そう言っていたね。

ある時、夫の部屋へ行くと、

「瑛美は大丈夫か？」と突然聞かれた。以前救命救急に搬送されたことのある子だもの、元気になったとはいえ、私達の心配は尽きない。

「うーん・・」

私はどちらとも言えず、曖昧に答えた。

「夜ママと話しているから、大丈夫か」

そう夫は言った。娘は仕事が楽しいらしく、仕事から帰ってくると私に仕事の話をしてくれる。話していると仕事の話のみならず、いろいろな話に広がっていく。娘と私は向かい合って毎晩話をしていた。それが聞こえていたのだ。内容までは聞こえなくても、楽しそうに話す娘の声を聞いていたのだ。心配をしながらも、それは夫にとってもホッとすることだっただろう。

食事の時は、食べながらペチャペチャと、食べものをシーツの上によくこぼしていた。この頃はもう、残った右目が見えなくなっていた。私はそのつど、ティッシュで指を拭いてあげ、こぼしたものを取っていた。

「俺もよくこぼすね」

そう言って、見えない目で食べていた。

頑張らないとね

ある時、夫の部屋へ行くとベッドのヘッドボードに背中をもたせ、布団もかけず上半身を起こしていた。

「さっき、瑛美が廊下にいたので呼んだんだ」

私は黙って聞いていた。

「俺、こんなだろう」

そう言って、痩せ細った自分の体を指差した。

「パパ、死にたいよ、って言ったんだ」

私は泣きそうになった。（何でそういうこと、言うのよ！）口から出そうになったが、黙って夫の次の言葉を待った。

「でも、ママと瑛美が支えてくれるから頑張らないとね、って」

私は喉の奥の詰まった空気を呑み込み、本当は何と言ったらよいのか分からなかったが、分からないからこそ、自分の感情が出ないように、自分の感情とは離れたところの、それでも聞きたい一言を、聞いた。

「何て言っていた？」

「『そうだね』って」

娘だってそう言われて、辛かっただろう。

私は努めて普通にした。だけど、辛かった。そんなこと、言わないで欲しい。そんな言葉、聞きたくない。生きていて欲しい。一番辛いのはあなたなのだ、って分かっている。だけどそんなこと、言って欲しくない。

何のために頑張っているの。生きていて欲しいからじゃない。あなただって、生きていたいからでしょう。だけど、あとの言葉、「ママと瑛美が支えてくれるから頑張らないとね」――そう言ってくれたことが、救いだった。

そう、そうよ。一緒にずっと、ずーっと一緒に生活していくのよ。力を合わせて頑張るのよ。一生懸命やっていこう。

夫のその、あとの言葉が、だんだんと私の中で先の言葉より大きくなり、泣きそうになった私の心は前を向き、心の中で自分に、そう言った。いいえ、自分だけでなく夫にも、言っていたのだと思う。


ある夜、娘も自分の部屋へ行き、私一人で下の部屋でテレビを観ていた。気配がするので振り向くと、夫が壁を伝ってテーブルを伝って、ゆっくりと私の後ろに来ていた。

「あっ、どうしたの⁉」

「ごめん、ごめん、眠れなくなっちゃって」

そう言って、椅子を引き、そこに座った。

私は座ったまま夫の方を向き、「悔しいよ。六月に先生からあんなことを言われて。『はっきり言って、もう打つ手がない』って言われて」と、頭で何かを考える前に突然言った。

「今まであなたに頭にくることはたくさんあったよ。でも家族じゃない。夫婦じゃない。一生懸命やって、あんなに毎週毎週病院に二人で通って。瑛美だって勤め始める前は何回か一緒に行ってくれたじゃない。それなのに・・・、悔しいよ・・」

と、泣くつもりなんかなかったのに、涙が溢れ、泣きながら言った。

「分かっているよ、恵子ちゃん。分かっているよ」あなたは優しくそう言った。

それから私はなぜだか言葉が口を衝いて出た。

「瑛美が救命に行った時、あったでしょ」

「思い出したくもない」

「私は、あなたは瑛美の命の恩人だと思っている。あの時あなたがいなかったら、瑛美を見に行かなかったら、と思うと恐ろしい。あなたがいなかったら、瑛美はあのまま・・、と思うと」

夫は黙っていた。

そして救命救急とは別の、娘を赤ちゃんの時から診てもらっている主治医の話になった。

「M先生は本当に良い先生だ」

「うん、本当に良い先生。瑛美もM先生の言うことはよく聞く。救命を退院して最初にM先生のところに行っていろいろ話していた中で、先生が瑛美に『薬でコントロールできると思うんだよ。一年飲むのかもっとなのか、どのくらい飲むのか判らないけれど、そう思うんだよ』そう言って、それからは飲み忘れもなく、きちんと飲んでる」

「うん」

「あなた、瑛美が救命に入院している時、M先生に面会に行ったんだよね。その時も先生、いろいろ話してくれて、『あの先生は優しい人だなぁ』って言っていたよね」

「うん・・」

そして私はまた、頭で考えていたわけではないのに突然言った。

「ねぇ、憶えている？　結婚する前、あなた『何もしなくてもいい、一緒にいてくれるだけでいいんだ』って言ったでしょ」

「うん・・、憶えているよ」

「実際結婚したら、そういうわけにはいかなかったけど」

「うん・・」

それから少しの間があって、「そろそろ寝る」と夫は言った。

「うん、早く寝た方がいいよ」

私はゆっくりとテーブルにつかまって立ち上がる夫の後ろに立った。見えない状態に慣れてもらわなければならないので、私は過度に手助けはしなかった。近くで見守っていた。

第三章

旅行

夫は旅行が好きだった。大好きだった。私も旅行が好きだった。旅行好きの両親のもとに生まれた娘は生後三カ月から旅行に連れていかれ、当然のこと、旅行好きに育っていった。

夫の旅行好きは本物だった。ただ単に観光して観て回るだけではない。その土地にしかないもの、その時季しか行われないこと、それらをよく知っていて、さらに調べ綿密に計画を立て、ノートに、毎日の行く先々、その出発時間、到着時間、そこで何をするか、何を観るか、何を食べるかなどを、きっちりと書き込み、家族を旅行に連れていってくれた。申込期限がかなり前に決められているところは、もちろん期日までに申し込みをし、いろいろなところへ連れていってくれた。

新幹線はやぶさ。旅行・電車好きの夫のおかげでいろいろな乗り物の旅ができた

大学生の時、旅行会社で添乗員のアルバイトをしていたというのだから、私の旅行好きとは比にならない。すべて自分でスケジュールを組み立てるのだ。夫は電車も好きで、枕元には山のように積み上げられた旅行のパンフレットのほかに、電車の時刻表が置かれてある。車で行く旅行もあれば、電車で行く旅行もあった。好きだけあって電車に詳しく、いろいろな素敵な電車に乗せてくれた。ある時は娘が「はやぶさに乗りたい」と言うと、はやぶさに乗ることをメインに行く先を決め、行った先でのさまざまな計画を立ててくれた。

サンライズ出雲。あこがれの寝台特急で行った出雲。広島へも足を延ばした

今は家の中を歩くのも、やっと。外では車椅子。そうなる直前まで、夫は旅行を考えていた。まだなんとか外で歩けていた頃、その頃はもう体はしんどかったはずなのに、それでも夫はずっと旅行を想っていたのだろう。ある時、娘が言ったのだ。

「ねぇママ、パパ旅行考えているみたいだよ」

「えー、そんな動けないじゃないのよねぇ」

「何かねぇ、朝の早い旅行みたいで、この前私に『○時出発なんだけど、ママ怒

雨の中の出雲大社参拝。左端に夫と娘。発病してからも年に１回は出かけた

るかなぁ』って言っていたよ。だから『そんなの、怒るに決まっているじゃない』って言ったんだ」

「そんな早いの、嫌よねぇ。それにこの前の旅行の時なんて少し動くと疲れちゃって、全部は一緒に回れなかったじゃない。行き先に着いて一緒に回っていても、途中で『ここで座って待っているから、二人で観ておいでよ』ってベンチで待っていたり、『明日は二人で行っておいでよ。パパ、ホテルで待っているから』って言って、部屋で休んでいたり」

「そうだよねぇ」

「あの時よりもっと動くのが大変になっ

ているのに、どうやって行くんだろう。無理でしょう。車椅子で行くの？　車椅子、ママが押して行くの？　そんなので楽しいのかな」

娘とそんな話をした。

その時の旅行ももちろん、楽しかった。いろいろなプランを立ててくれて。でも、一緒に回れないというのは、何かもの悲しいものがある。

発病してからも旅行には毎年行っていた。左目摘出してからも、だ。それでもその時のその前の旅行までは、一緒に動いていた。一緒にあるいは交替で回り、いろいろなものを観、一緒に食べ、時には言い合いになることもあったけれど、それでも一緒に行く先々を楽しんで、三人で動いていたのだ。

それなのに、この旅行の時は動くと疲れて休んでいる。そんな夫を見ると、そんなに体が弱ってきているの？　と辛いものがあった。あの時「座って待っている」と言った時、あれは伊勢内宮前のおはらい町おかげ横丁だった。楽しいところで、観光客でごった返していた。娘と私は周りを一通り観て回り、「パパのところへ戻ろう」と娘に声をかけ、私は足早に夫のところへ向かった。娘は後ろか

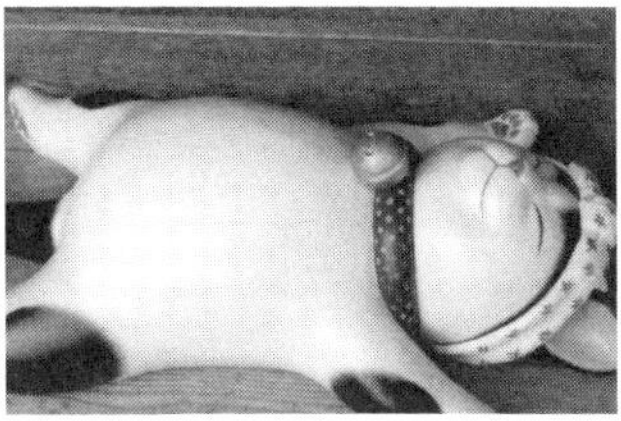

伊勢内宮前のおかげ横丁。神話の館（左）と寝ている姿がかわいい猫の置物（上）。夫も観て回りたかっただろう

ら普通の速度で歩いてくる。（場所を分かっているし、大丈夫ね）そう思い、先を急いだ。一人で私達を待っている夫のところに早く行ってあげたかった。

大きな長方形のベンチに、何人かの人がそれぞれ一緒に来ている人と楽しそうに話しながら座っていた。その中で一人ポツンと、背中を丸めて夫が座っていた。その姿がもの寂しげで可哀想だった。旅行に来る前、プランを考えていた時は、回れなくなるなんて思っていなかっただろうに、いろいろ観て回るつもりで来たのだろうに、そう思うと、可哀想だった。

第四章

長く長く、ずっと一緒に

「なすすべもない」を信じない

七月の初めからアガリクスを飲み始め、私は次にＭＲＩを撮るのを楽しみにしていた。夫が「一袋の量が多い。一回で飲み込めない」と言うので、朝はヨーグルトに混ぜて食べ、夜は一袋を半分に分けてオブラートに包み、一つずつ夫の口の中に入れる。夫と私は毎日そうしていた。少しずつでも良くなって欲しい、もちろん、最高のことを望んでいる。でも仮に変化がなかったとしても、大きくなっていなければ、それはそれで良いことだ、そう思って。

ところが九月に入り、右目がほとんど見えなくなってしまった。眼科的には問

題なく、目の奥の脳の問題だろうと言われ、ＭＲＩを撮った。癌が大きくなっている、という話だった。主治医から、

「緩和治療に切り替える時期だと思います。ご家族で話し合われて決めてください」

と言われた。私は、良い方に向かう、と信じてはいたが、

（ここまで来てしまったら、良くなることはなくても、これ以上悪くならなければそれでいい。このまま今のまま生活していければ、それでいい。これだけ治療をしているのだもの、悪くなっていないのだったら、現状維持だったらそれでいい）

そうも思っていた。

（それなのにさらに悪くなっているのなら、治療をしている意味がない）そう思った。一泊入院が始まった最初の頃は、まだ歩けていた。あの頃の抗がん剤はとても強い薬だったのだろう。体の末端が痺れ、だんだんと歩けなくなり、箸も持てなくなり、全身の皮膚が剥け、体の色は真っ黒になってしまったのに、剥けて

いるところは痛々しく赤く、爪がどんどん剥がれていき、病院では車椅子、家では伝い歩きで、時には私が後ろから腰を支えて歩いたり、体は徐々にそんな状態になっていった。そんな状態になっても「打つ手がない」と言われても治療を続けていたのは、生きていたいから、生きていて欲しいから。日帰り入院になり、アガリクスを飲み始め、夫も私も明るくなってきた。良くなるように、そうならなくても、これ以上悪くならないように、そう思ってこんな体の状態になっても頑張って治療を受けてきた。それなのにさらに悪くなっているのなら、治療の意味がない、やっている意味がない。

夫は、どうしたい、とは何も言わなかった。

家に帰り、娘とも話した。娘は、「医者が駄目だって言っているんでしょ、駄目なんだよ。やっていても良くならないってことでしょ、悪くなっているってことでしょ。意味ないよ」と言った。こんなに体を痛めつけてまで治療をしているのに悪くなっていくのなら、もうその治療を受ける必要はない。これ以上、体を痛めつけることはない。少しでも体が楽になるように、状態が落ち着くように、そして以前の通りとまでは言わないが、願わくば普通に近い生活を送って欲しい。今の状態では、あまりにも生活の質が下がりすぎている。なんとか体が楽になって、普通に近い生活を送ることができれば、そうなれば気分も変わってくるだろう。

そうすれば、何か変わってくるかもしれない。生活にささやかであっても充実を感じれば、気持ちも前向きになり、心も体もきっと強くなる。病気であっても、癌がなくならなくても、きっと命は延びる。細々とでもいいから、穏やかに長く長く生きて欲しい。そしてずっと一緒に生活していくのだ。それを考えて、そしてそれに向かおう。

緩和治療というのは、その時々の症状に対応していくという、結局はその時の痛みに合わせた痛み止めを飲むだけ、ということなのだろう。アガリクスは続ける。そしてほかにも何か、体に良いもの、良い方へ向かうような何かを探そう。「生活の質の向上」という言葉をよく耳にするが、それを目指そう。もう体を痛めつけることなく、少しでも体が楽になって、少しでも体の状態が落ち着いたら、そうしたら心穏やかになれるだろう。そうなったらきっと変わる、きっと変わってくる。そして平穏にずっと一緒に暮らしていくのだ。

次の日帰り入院の時に、どうすることに決めたか言わなければならない。夫と何度か話した。夫は、娘は何と言っているか、と私に聞いた。娘も、もう抗がん剤治療は意味がない、と言っていると伝えた。私達はこの一週間、それぞれが自分の想いを持ち、考え、話した。

そして私達は抗がん剤治療を止めることにした。主治医から話のあった次の週の日帰り入院の朝、いつものように私達は二人で並んで玄関に座り、タクシーを待っていた。病院に入らなければならない時間があるので、前日には必ず予約を入れる。タクシーに来てもらい始めた頃は、タクシーが来るのを部屋で待ち、時間が近づくと娘や私は窓から外を見て「あ、来た来た。パパ、来たよ」そう夫に言って、それから夫は動き出す。

いつ頃だったか、ある日、「俺、ゆっくりとしか歩けないから、玄関で待っている」と言い、時間が来る前に玄関に座った。それからは、私も荷物を玄関に運んだりと支度が終わると、隣に座り、二人で並んで待つようになった。車の音がした。ドアを開けるとタクシーがスルスルと家の前の道に入って来た。

「来たよ」夫に言った。タクシーが来て出かける時、たまに夫は娘に声をかけたりもしたが、いつもはタクシーが来たことを聞くと、それから無言でゆっくりと立ち上がる。

　でもこの日は座ったまま、突然、

「瑛美ー、行かなくてよくなったぞー」と二階の部屋にいる娘に大きく言った。

　病院で今まで通りの治療が終わり、主治医と話し、病棟を出る時、車椅子を押している私より先に、

「お世話になりました」とナースステーションに向かって夫は言った。この日を最後に三カ月続いた毎週毎週の日帰り入院は終わった。

　それからは二〜三週間空けての外来通院になった。病院に行く日、タクシーを

待っている時、あなた言っていたよね。

「楽になったなぁ」って。つくづくと言っていたよね・・。

私は、悔しかった。辛かった。毎週毎週、一生懸命病院に通って治療を受けていたのに、と思うと・・。何か方法がないかと、冊子や本を読んだ。「免疫細胞治療」を知った。夫に話した。私一人の時に主治医にも訊いてみた。

「本を読んで免疫細胞治療を知りました。主人に免疫細胞治療を受けさせたいと思っているのですが、先生はどう思われますか？」

「免疫細胞治療ですか。まだ確立されていませんからねぇ」

そうおっしゃった。いろいろ話をした。話の中で主治医の口から「末期」という言葉が出た。ショックだった。解っている。解っているのだ、夫も私も。でも今まで主治医の口からその聞きたくない言葉が出たことはなかった。とにかく何かしなければ。病院でなすすべもないならば、ほかの何か、ほかの治療をしなければ。

「主人とよく話して、受けることにしたら先生にご報告します」と私は言った。

免疫細胞治療のことは、まず主治医に訊いてみて話してからと思っていた。主治医には話した。主治医と話したその日、私は早速二つのクリニックに電話をし、話を聞いた。そして資料請求をした。資料はすぐ送られてきた。くまなく読んだ。夫に資料が届いたことを言い、手渡し、内容を説明した。夫は黙って聞いていた。

そして、

「こんなにいろいろ、たくさん取り寄せてくれて、ありがとう、ありがとう」涙声でそう言った。

「やろうよ。この治療、受けようよ。早い方がいいよ」

夫は即答しなかった。私は早くなんとかしたかった。でも急かせてはいけない、本人が納得して治療を受けなければ。

夫が「治療を受ける」と言ったのは、それから一週間くらい経ってからだっただろうか。

（良かった）と思った。これで前に進められる、命が繋げられる、なんとか希望が持てる、本当に良かった。

私は夫が決めるまでの間よく考えて、問い合わせた二つのクリニックのうちの一つ、Ｓクリニックはどうか、と思っていた。その間もちろん夫を急かすことはしなかったが、時折二人でこの治療の話をし、受けるのだったらＳクリニックはどうか、どうしてそう思ったのかも言っていた。そしてそれを夫も納得し、私達はＳクリニックで治療を受ける、と決めた。

次にＪ医院の外来に行った時、主治医にその旨を話した。Ｓクリニックの初診はその二日後だ。主治医は「Ｓクリニックですか」と、知っているようだった。診察のあとで夫に「Ｓクリニックのこと、先生知っていたみたいだね」と言うと「うん」と夫も頷いた。

今まで通り、Ｊ医院に通院しながら並行してやることになった。これで仮に癌が完全になくならなかったとしても、少しでも癌を抑えられれば。癌と共生しながら一日一日と日々を延ばしていけたら。そして一年経ったらもう一年、また一年、さらに一年と長く生活していければ、と心の底から願った。

この日の診察前、夫がこんなことを言った。

「あそこの地下のレストラン、やっているかな」

「あそこは年中無休だったからやっていると思うけど、何で？」

「恵子ちゃんと行こうと思って」

「あっ、あそこずっと工事していたじゃない。でき上がってから一度行ってみたのだけど、場所が変わったの。外に出てグルッと回って道路渡って別の建物なの。道に段差もあったし、この院内の車椅子だと行けないよ」

「そうかぁ・・、恵子ちゃんとご飯食べようと思ったのになぁ」と。

うれしかった。とても優しい言い方で私にそんなふうに言ってくれて。夫は食欲が落ちて、今はほんの少ししか食べない。一人分など食べることができない。体力も落ちて、家と病院の往復だけでやっと。レストランに行って食べるなど到底できない。それなのに、そんな動くのがしんどい体なのに、レストランまで行こうと思った、私と二人でご飯を食べようと思ってくれた、私に優しい気持ちを持ってくれた、何よりそんな意欲が出てきたことが、うれしかった。

新しい治療が始まる、そう思って希望の光を感じたのだろう。良かった。ただ、一つだけ気になることもあった。パンフレットの中に「ただし以下の方については治療をお受けいただけません」という記載があったのだ。夫がそれに該当するのかどうか、私には分からなかった。初診に行って、もしそれに該当するから受けられない、となったらどうしよう、そうではありませんように、治療を受けられますように、なんとか受けられますように。とにかくスムーズに治療を始められますように。その日帰る道々、大きな期待と少しの不安に包まれて、それだけを、ひたすら願った。

免疫細胞治療を始める

Sクリニックの初診、夫は治療を受けることができない、という方には該当しなかった。良かった。これで本当に希望の光が見えた。しかし、今は抗がん剤も放射線治療もしていない。パンフレットにはそれらの治療と併用した方が効果は高い、相乗効果が期待できる、とあった。先生もそうおっしゃった。抗がん剤も放射線もしていなく、免疫細胞治療だけではあまり効果は期待できないかもしれない、ということなのだろう。

だけど、やる。何がなんでも、やる。だって、もうこれしかないのだから。

事前にした電話で、初診相談のみで一度持ち帰ってもよいし、初診から治療を始めてもよい、という話だったが、私達は『治療を受ける！』という強い気持ちで来たのだから。

そして治療が始まった。細胞培養に用いる血液を採取した。培養を始めたら途中で止めることはできない。免疫細胞を体内に投与する日は、おのずと決まる。次の治療日が決まった。二週後だ。

夫はいくつもの薬を飲んでいた。その中にプレドニゾロンという薬があった。先生のお話では、プレドニゾロンを飲んでいるのでうまく培養が進まないかもしれない、うまく培養できなかったら日にちを変更する、ということだった。夫は言った。

「この治療にその薬が良くないのでしたら、主治医に言って薬止めてもらいます」と。夫がこの治療をどれほど信頼しているか、そしてそれに懸けている、と感じた。

「いやぁ、この薬は元気の出る薬ですから。これも大切な薬なのでねぇ、止めなくていいです」

前にJ医院の看護師さんも「元気の出る薬」と言っていた。そうなのか、大切なのか、止めない方がいいのか。それだったら待つしかない。培養の行方を。うまく培養が進みますように。

次の治療日の二日前、Sクリニックの先生から電話があった。培養しているが思ったより増殖が遅い、ということで延期になってしまった。夫に伝えた。

「仕方ないね。一番良い状態にならなければ、体に入れられないものね」

私は努めて普通に言った。また、少し待たなければならない。でも、この日までこの待っていた間、私は気持ちが少し軽くなっていた。そう、この前初診に行ったあと、ほんの少しだが夫の食欲が出てきたのだ。この前は採血だけで、免疫細胞を体内に投与したわけではない。そういった意味では実際の治療はまだ始まってはいない。それは夫も私も分かっている。だけど夫は「治療が始まった」という希望で、少し元気が出てきたのだと思う。私には明らかにそう見えた。

精神的なものなのだろうが、ほんのわずかであっても食欲が出てきたということ、それは私にも元気を与えた。夫だけではなく私も、私達二人ともが「治療が始まったのだ」と心強くなり、どんよりとした重いものは徐々に薄れ、二人の気持ちは軽くなっていったのだ。

ところが、気落ちしたのだろうか、ほんの少し出てきた力も、それからは次第にしぼんでいった。

次にSクリニックに行く日はJ医院の外来日と重なった。J医院の予約時間が先に決まっていたので、Sクリニックはそれより二時間早い時間にしてくれて「治療後は少しベッドで休んでから行ってください」と配慮してくれた。

その、治療日と外来日がやってきた。Sクリニックへ行き、ベッドに入り治療を待った。体の辛い夫は気分が悪くなり、吐き気を催した。私はあわてて看護師さんのところへ行き、そして戻った。少しして吐き気はなんとか治まったようだった。治療が始まった。採血と点滴をした。静かに時間が流れていった。治療が終わり、出発すべき時間までベッドで休んだ。時間が来て私達はJ医院へ向かった。

J医院の待合ロビーで診察を待っている時だった。この病院はいつも混んでいて、とても待たされる。私は夫の横に座り、私達は黙って名前が呼ばれるのを待っていた。

耳鼻科の近くに小児科がある。その日は特に子供達の声がうるさかった。ギャアギャア泣いている赤ちゃん。大声を出して走り回っている兄弟、その若い母親は階段のところにいて、携帯電話で話している。子供だけではない。大きな声で子供を叱り続ける母親。最近では毎日、かなりの頭痛がしていた夫は、頭を押さえて下を向いていた。走り回っている子供達は何度も私達の前を通っていた。何回目かに子供が来た時、夫は子供が見えていないのに、その子に向かって弱々しく何かを言った。でも子供の足は速い。夫が何か言った時はもう私達の前を行き過ぎていた。

「もう行っちゃったよ」

「うん・・、なんとかならないかな、あの泣いている子にしても」

「泣いている子は向こうの小児科にいるからしょうがないよ」

「うん・・」

よほど頭が痛いのだろう。私はそれまで痛さの度合いが分からなかったが、きっと割れそうに痛いのだろう。子供は元気なものだ、多少うるさくても仕方ない、普段はそう思っている私だが、そんなふうに言っていられなかった。また子供が来た。

「ごめんね、静かにしてくれる?」

子供に向かって私は言った。子供は走るのを止め、歩きながら私の顔を見、夫の顔を見、通り過ぎて行った。

「言ったよ」

「うん・・」

少しすると、また子供がやって来た。声を出さずに、私達の顔を見ながら歩いて行った。

わずかに夫が動いたので、

「もう行っちゃったけど、今度は静かに歩いて行ってくれたよ」

「うん・・、分かる」

その後私達はいつものように、沈黙のまま順番を待っていた。しばらくして
「恵子ちゃん、疲れた・・・」小さく言った。私は本当に、馬鹿だ。それを聞いて「何?　急に」と言ってしまった。

いつも待ち時間がとても長いので、夫は「恵子ちゃん、疲れただろう」とか
「恵子ちゃん、疲れた?」とたまに言ってくれていた。私は夫がまた私を気づかってそう言ってくれた、と思ってしまったのだ。だから（私は大丈夫、疲れていないよ）と示そうと、まったく平気、というふうにそう言ってしまった。言った

あとに気がついた。夫が、疲れたのだ。とても、疲れたのだ。なんですぐに分からなかったのだろう、いたわる言葉とは逆のことを言ってしまった。

ごめんね。分かってあげられなくて、あなたがそう言ったその時に、疲れたあなたに何も言ってあげられなくて、ごめんね・・。

緊急入院

夫はだんだんとおかしなことを言うようになってきた。いつもというわけではないが、（えっ？）と思うような話をする。一度そのあとで「俺、今何かおかしいこと、言った？」と、訊かれた。自分でもそれに気づいたのだろう。でも気づいていない時でも、何か変な話をしたあとは通常に戻る。

前に私達は主治医から、今後起こり得《え》る状態の説明を受けていた。前頭葉が癌に圧迫され、おかしなことを言うようになる、けいれんが起こる、呼吸が突然止まる、それらが起こるかもしれない、と聞いていた。だから私達の現実にない話を口にする、というのも心配だが、買い物で家を空けている間が心配だった。けいれんが起きたら、呼吸が止まったら、と。でも、幸いにしてそれはなかった。

「自分でおかしいこと言ってるの、分かる」

そう言った時があった。

「たいしたものじゃない。自分で分かるって、すごいよ」

「うん」

そんな会話もあった。


そう、その会話の後日、あなた、言った。

「最近、変な夢ばかり見るんだ」そう言っていたね。

きっとその時はもう、かなり癌が脳を圧迫していたんだね・・。


そんな様子になったある日の昼間、「お風呂に入る」と夫が言った。夫はお風呂が好きで、毎日入るのはもちろんのこと、若い頃は仕事が休みの日などは一日二回入っていた。たまに風邪など引いて熱が三十八度あっても、必ず入る。

それが最近では、毎日入らなくなっていた。動くのがしんどかったのだろう。目が見えた時は、私が夕飯の買い物に行っている間に入っていたが、目が見えなくなってからは「一人の時に入るの怖いから、あなたがいる時に入る」と言って、早い時間に入るようになった。お風呂の準備をした。

「お風呂沸いたよ」

「うん」

ゆっくり起き上がり、ゆっくり階段を下りて行った。脱衣所に入るのを見て、私はその場を離れた。ほんの少しして、見に行った。夫はお風呂場の中にいて、湯船に入ろうと片脚を上げていた。夫の脚は骨と皮だった。その弱々しい脚はなかなか湯船の縁まで上がらず、二、三度脚を上げ直していた。湯船に入れた。私はまた、その場を離れた。その後、二、三度見に行った。最後に行った時、夫はお風呂から出て脱衣所に置いてある踏み台に座っていた。

「あ、出た？」

「うん・・」

息を荒くしながら、答えた。体を拭いたあとのバスタオルがタオル掛けの上で丸まっていた。自分では拭いたつもりでも、夫の体は滴だらけだった。

「あ～あぁ、まだこんなに濡れているじゃないの」

私はバスタオルを取り、夫の背中にかけ、体を拭いた。

「ありがとう」

ハァハァと息をしながら、そう言った。

「じゃ、パンツをはこうね」

「うん」

夫は右足を上げようとした。

「まだ、待って。私が言ってから上げて」

「うん」

「はい、右」夫はやっとのこと、右足を上げた。

「はい、左」左足も通した。

紙パンツを足首から上に上げ、「はい、じゃあお尻を上げて」と言うと、左手で壁を押さえ、右手で洗面台につかまり、一生懸命お尻を上げた。

「はい、はけたよ。次はズボンね」

ズボンも同じようにはかせ、上着を着せた。そして夫は立ち上がり、ゆっくり階段を上り部屋へ行き、ベッドに入った。

「じゃあ、買い物に行ってくるね」

「うん・・。レモンサイダーとアップルジュース買って来て」

「分かった」

毎日買い物に行く時、夫は買って来てもらいたいものを、私に言った。

食べたいもの、飲みたいもの。食欲が落ちてからは食べものについてはあまり言わなくなったが、飲みものは必ず頼んだ。それもペットボトル二、三本は言う。そう、夫のだけではない。娘や私の分まで買うと、それはもう、重くて重くて。でも夫の欲しがるものは買わないと、と思い、この年の春頃、ショッピングカートを買った。とても楽になった。この時も（飲みものいっぱい買えるし、良かった）と思いながら買い物をし、家に帰った。

部屋へ行き、「飲みもの買って来たよ。すぐ飲む？」と聞くと「今は、いい」後ろ向きに横になって布団を被ったまま、そう言った。

「じゃ、ご飯の支度するね」

「ご飯いらない。具合悪いから寝る」

「食べないの？　少しは食べた方がいいよ。昼間だって少ししか食べてないじゃないの」

「いい、いらない。明日使うから、髭剃り・綿棒・はさみ、置いておいて」

「・・分かった。すぐ手が届くところ、ベッドの横の椅子の上に置いておくね」

私はそれらを分かりやすいように並べて置き、「じゃ、行くね」と言って、布団を直し電気を消し、部屋を出た。

その翌日のことだった。夫と娘が二階の廊下で何か少し大きな声で話しているのが聞こえた。言い合いとまでは言わないが、普段の会話より明らかに大きな声だったので、行ってみた。

「どうしたの？」

「まったく、お前は！」

夫はトイレの床にお尻をついていた。

「ママ、パパこれなんだよ」

（もう）という感じで、困ったように娘が言った。夫はトイレの中で動けなくなって、娘は呼ばれた。娘は立ち上がらせようと抱えたが、いくら痩せてしまったとはいえ、脱力した男の体は重い。立ち上がらせることができなかった。廊下の床が少し濡れていた。私は夫が滑ってはいけない、と思い、「待って。先に床を拭くから」と雑巾を取りに行った。

「ママが雑巾取りに行っているから。床を先に拭いてくれるから、待って」

娘が夫に言っていた。床を拭いて私は夫の前にしゃがんだ。

「いい？　私も腰が良くないから、一緒に、一、二の三で一緒に立ち上がるよ」

ここで二人のタイミングがずれて腰を痛めてしまったら、大変だ。私が動けなくなったら、夫は部屋に戻れない。

「うん、うん」

夫はハァハァ息をしながら頷いた。

「待って、まだだよ」

そう言いながら、夫の左腕を私の肩にかけ、私は夫の胴をしっかりと抱えた。

「いい？　いくよ。一、二の三！」

夫は頑張ってくれた。スッと立ち上がることができた。

「恵子、ありがとう」ハァハァしながらそう言った。

「ゆっくり行こう」

短い廊下を時間をかけて進んだ。ベッドに着いた。夫を座らせ、寝かせた。ズボンが濡れていたのでそれを脱がせ、新しい紙パンツをはかせた。脱力した脚は重く、ズボンまではかせることはできなかった。

「病院へ行こう」夫に言った。

「病院は嫌だ」

「ね、救急車呼んで病院へ行こう」

「嫌だ、行かない。病院は嫌だ」

夫は「病院は嫌だ」と言い続けた。こんなに嫌がっているのだもの、少し横になれば落ち着くかしら、ともチラと思ったりしたが、やはりこの状態では家に置いておけない、と思った。ただ、夫が納得してから行きたかった。

「ママ、電話しちゃいなよ、駄目だよ、病院に行かなくっちゃ」

娘は二、三度そう言った。

「私、仕事休むの、〇時くらいまでに電話しなくちゃならないから、どうするの？」

「パパ、あんなに嫌がっているから・・。支度しなくちゃならないし、ちょっと様子見て、また、言ってみるから待って。とにかく先に支度しなくちゃ」

娘と私は支度を始めた。診察券などはもちろんだが、忘れてはならないのが、靴。病院へ行ったあとは帰ってくるのだもの、靴を持って行かなければ。そして靴下。皮膚がボロボロだもの、靴下なしでは痛くて履けない。支度をし、夫のところへ行った。

「病院へ行こう」

「行く」と夫が言った。あんなに嫌がっていたのに分かって言っているのかしら、と思い、訊いてみた。

「どこへ行くの」

「お客さんのところへ行く」

これは、と思った。混濁している。嫌がっても何でも連れていかなければ。

「電話してくる」

私はまず病院に電話をした。娘も職場に電話をかけ始めた。

主治医からは、「何が起きてもおかしくない、何かあったらすぐ病院に来てください」と言われていた。そう言われた時、救急車を呼ぶより前に病院に電話をした方が良いのか確認すると、「はい」ということだったから。

看護師さんが出た。

「分かりました。お家の車かタクシーで来れますか？」

「無理です、行けません」

「では、救急車でいらっしゃいますね」

「はい」

一一九番した。

「夫が末期癌で、J医院にかかっています。J医院には電話しました」

「ご本人、末期癌ということご存じですか」

「はい」

夫のところへ戻り、「病院に電話したから。もうすぐ救急車も来てくれるから」

「病院は嫌だ」夫はまた、繰り返した。

救急隊の方達が到着した。

「病院は嫌だ」夫を運び出そうとする救急隊の方達にも、何度も言っていた。それでも何でも行かないわけにはいかない。娘と私は運び出される夫のあとに続いた。

病院に着いた。あれは救急の処置室だったのだろうか。普段行かない場所だった。娘と私は廊下の椅子に座り、待った。なかなか出て来なかった。しばらくしてストレッチャーに乗ったままの夫が出て来た。耳鼻科外来へ向かった。入院、ということになった。処置室で寝ている夫に、主治医が、「中原さん、入院しましょう」と言った。

「病院は嫌だ」夫は繰り返した。

「そんなこと言っても、これじゃ帰れないでしょ。入院しましょう」

病棟へ向かい、病室に入った。看護師さんが四、五人バタバタと走って来た。ディスポの予防衣を着けながら。ベッドに移そうと、夫に声をかける看護師さん達の声が聞こえた。廊下で待っている娘と私にも聞こえるくらい、大きな声で、

「痛い、痛い！　痛くしないでくれるう！」と夫が言った。

「ごめんなさいね、ごめんなさいね、中原さん。痛くしないから、もうちょっとだから」

「痛くしないでくれるう！」何度か言っていた。

今思うと、入院している間、この入院した日が一番元気だったと思う。あんなに大きな声で言っていたのだもの・・。

第五章

かなわぬ思い、最期の想い

入院してから

入院した次の日の朝、携帯が鳴った。その音を聞いた途端、私の全身が末端までもが飛び起きるような、それでいて心臓は鷲づかみにされ、息苦しいように重く、だって、もちろん入院病棟は常時先生方や看護師さん達がいるのは分かっているけれど、携帯が鳴ったのは、病院が開く外来診察開始時間よりかなり早い時間だったから。

（まさか病院からじゃないわよね。何かあったの?）と、動揺している手はそばに置いてあるはずの携帯を探し、取った。主治医からだった。トクトクと鳴る心臓を感じながら挨拶をした。その口調に切迫したものはなかった。次の言葉を待った。

「今後のことについて一度話したい」

ホッとした。それはそれでどんな話が出るのか心配はあるが、何かあったわけではなかった。

「分かりました」

この日の夕方、と約束した。

病院に着いて病室へ入り、夫に言った。

「今朝、先生から電話があって『今後のことについて一度話したい』って。夕方だって。呼ばれたら行ってくるね」

先生方はお忙しい。お話がある時はおおよその時間で言われ、呼ばれるのはその時間を大抵越える。(夕方だから、夜になるのかなぁ) そう思いながら待っていた。意外にも思ったより早く、明るいうちに呼ばれた。

「行ってくるね」と声をかけて私は病室を出た。

主治医の話はこうだった。

「CTを撮ったが癌が大きくなっている。脳に入っている。脳がむくんでいる。前頭葉が圧迫され、おかしなことを言うようになる。癌性髄膜炎でどうすることもできない。癌性でない髄膜炎だったら抗生物質で良くなったりもするが。今後起き得《う》ること、けいれん、呼吸が突然止まる。呼吸が止まったら人工呼吸器をつけることもできるが、管を入れるので本人にとっては苦痛でしかない。仮にその時意識があっても、意識はなくなっていく。呼吸をしているだけ。脳なので明日、明後日かもしれないし、今まで通りゆっくりかもしれない」

話の重大さを感じながらも、私の頭は「明日、明後日かもしれない」という部分を言葉として受け止めはしたが、この時はなぜか不思議に現実として捉えなかった。だって、そんなわけないもの。あるはずないもの。

病室へ戻った。私が口を切る前に、夫が「先生、何だって?」と、私に訊いた。

気になっていたのだ。そう、その時の夫は、しっかりしていた。私は「CTを撮ったら癌が大きくなっているのだって。脳がむくんでいて、癌性髄膜炎なのだって」と言い、今回も言われ、以前二人で聞いた今後起こり得《え》ること、それだけを言った。そして「脳なので判らないのだって。今までゆっくりだったでしょう。だから、すぐ何か起きるってわけでもないだろうし、必ずそうなるとは限らないし」

　そう話した。

　入院して一週間経ったあと、二日続けてすごくよく話していた時があったね。そう、あの時、あなたの前には誰かいて、あなたは頷いたり声にはなっていなかったけれど、ゆっくりと何かを話していた。思い返すと、あの時のあなたは寄りかからずに座っていることはできなかったのに、私の記憶では、ベッドの上で一人で座っていたように思う。

「誰かと話しているの？」

「ううん、話していない」

そう言ったけど、また、頷いたり口を開けて話していた。突然、

「フッ」っと、はっきりした声で笑ったので、びっくりして（何だろう？）と思い、あなたを見た。するとあなたはベッドの左側に座っている私を、ゆっくりと手を回して指し、笑いながら、

「うちの奥さん」とその誰かに言った。

私はなんとなく笑みがこぼれ、

「そうだねぇ、奥さんだねぇ。奥さんの名前は？」と聞いてみた。

あなたは、

「うーん・・」と考えながら、

「旧、田中」と言った。

私は小さく吹き出してしまい、

「そうだねぇ、旧・田中だねぇ。田中、何子？」

「うーん・・、分からない・・」

首を傾け、少し考えてそう言ったね。

こんな話もしていた。

「ほら、俺、二週間出張だっただろ。だからSクリニックに行けなくなっちゃっただろ。間が空いちゃったからどうしようかと思って」

「うん・・」

夫は出張などほとんどなかった。Sクリニックには入院したので行けなくなってしまった。夫は、行けなくなってしまった、ということは分かっていたのだ。というより、Sクリニックのことは頭の中にあったのだ。そう、私達にとっては頼みの綱だったのだもの。この時の夫は、入院したとは思っていなかったようだが、家ではないところにいると分かっていて、だけど時間的なものが交錯し、それは今ではなく少し前だったと、それで出張していた、と思ったのだろう。

「大丈夫だよ、明日、私一人で行ってくるから」

Sクリニックには電話をし、状況を話していた。そして次回予約日には私一人で行くことになっていた。それが、明日だ。そのことは夫にも伝えてあったが、憶えていないのだろう。

「えー」

そんな急に、という感じでそう言った。自分も行くのだ、と思ったのだろう。

「違う違う、あなたは行かなくていいの。私一人で行ってくるから。そのあとここへ来て、その時の話をするね」

夫はホッとしたようだった。治療を受けたい、だけど体が動かない、でもSクリニックの治療は続けられるのだ、そう感じたのだろう。

あの二日間はとてもよく話していたけれど、それから一週間くらい経った頃の夕方、あなたまったく反応しなくなっちゃった・・・。


入院してからは、その二日間が私の中でとても残っているけれど、もちろんほかの日の、いろいろなあなたが思い出される。入院した日は、私はお歳暮を注文しにデパートへ行く予定になっていた。お中元やお歳暮を、夫はとても大事にしていて、結婚当初こそ私が行っていたが、そのうちに夫自らデパートへ行くようになり、毎回カタログが届き、それを見て商品を決める姿が毎年のこととなった。でも、だんだんと動けなくなり、最近では代わりに私が行くようになった。入院した次の次の日、私は病院へ行く前にデパートへ行き、お歳暮の注文をした。病院に着き、夫に「来る前にデパートに行ってお歳暮頼んできたよ」と言うと、横になったまま目を瞑ったまま、「良かったね」と安心したように小さく言ったね。

こんなこともあったね

夫の左手が動いた。私は（あ、冷蔵庫開けている）と思った。家でいつも冷蔵庫を開ける時の仕草そのものだった。

「何か探しているの？」

「飲みものないかな、と思って」

やっぱり。いつもと同じ、普段と同じ動きと言葉。

あなたは家の台所にいて、何か飲みたかったのだね。

まさぐるように手先が動いた。

「何か取りたいの？」

「灰皿」

病気になってからは煙草を止めた。でもこの時、煙草を吸っていた記憶が蘇って、自分が煙草を止めたとは思っていないのだろう。

何かを右手でつかみ、それを両手で口元へ持って行き、モグモグ、モグモグと口が動いていた。

「何か食べてるの？」

「アップルパイ」

夫はアップルパイが好きだった。

「アップルパイ、食べたいの？」

「うん」って。

ある時は仰向けにジッとしながら「帰りたいなぁ・・」と静かに言っていた。ここが病院だということが、この時は分かっていたのだ。

家にいるつもりだったのだろう。

「ストーブ、消した？」と心配そうに私に聞いた。

私は「うん」と小さく答えた。あなたは安心したようだった。

「今日はどこか行くの？」

「ここは病院なの。J医院なの。私は七時くらいまでいて、それから家に帰るね」

「分かった・・」

「ご飯、どうする？」

「ここは病院なの。J医院なの。一緒に食べられないの。私は夜、家に帰ってから食べるね」

「・・分かった・・・」


キョロキョロと周りを見た。

「どうしたの？」

「瑛美はどこかな、と思って」

突然、

「大丈夫か！　瑛美！」と大きな声で言った。

「大丈夫だよ、大丈夫だよ」

意識のない娘を発見した時に、戻っているのだろう。


ある日、私が病院に着き病室に入ると、あなたが変な格好で首から上だけ斜めにベッドフレームにもたれていた。

「あ〜あぁ、痛くないの？　そんな格好で」

頭の位置を直さなきゃ、（看護師さんは気がついてくれなかったのかしら）と思いながら枕を取ると、

「痛いところはね、どこもないんだ・・」って。「痛い」という感覚も分からなくなっちゃったんだ、ってそう思った。

「頭の位置、ずらすよ」そう言って、頭をそっと持ち上げ、枕を下に入れた。

「ありがとう」

あなたは小さく言った。


主治医から転院の話が出ていた。自宅近くの緩和治療をする病院へ、と。私はホスピスのことも訊いてみた。そして状態が良くなったら免疫細胞治療を続けたい、と言い、緩和治療をする病院やホスピスはどうなのか、こうしたほかの治療を受けることを許してくれるのか、を訊いた。緩和治療をする病院では、延命治

療をしない、と条件つきの場合もあるし、ホスピスは多分駄目でしょう、という話だった。病院の医療福祉相談室に行くように言われた。

いずれにしても、もうこの病院にはいられないのだ。ここにいる意味はもうないのだ。夫にとって良い病院が見つかるといい。家から近くて通いやすい病院が見つかるといい。すぐ行けて、行き帰りの時間がかからない分、病院にいられて、夫と話したり状態が落ち着いたら車椅子で散歩したり。病室の外に出れば気分も変わる。少ない会話であっても、それは充実した楽しいものにきっとなる。そして願わくば、免疫細胞治療を受けてもいいですよ、という病院が見つかるといい。

医療福祉相談室で私は担当になってくれたソーシャルワーカーに、状態が良くなったら免疫細胞治療を続けたい、ということを言った。担当者は熱心に聞いてくれた。緩和ケアとは痛みを取り除いたり、痛み以外の症状をやわらげたり、体だけでなく精神面でもその状態を安定させるということで、治癒を目的としたものではないのだろう。そう考えると実際には緩和治療をするという病院では、そうしたほかの治療の許可を出してくれるところはなかなかないだろう。でも諦めたくない。最初から無理と思いたくない。どこの病院も駄目だったというのなら仕方がないが、もし、もしそれを許してくれるところがあれば、その病院へ行きたい。担当者は、探す、と言ってくれた。

そして、見つかった。K病院だ。連絡を受け、相談室へ行った。資料を手渡され、説明をしてくれた。この病院では患者の状態によって抗がん剤の投与もしてくれる、ということだった。資料にも「当院の緩和ケアが、ホスピスと大きく異なる点は、患者様の状態に応じて、抗がん剤の投与や、高カロリー輸液などを併用し、より長く生きるための治療を積極的に行うという点です」とあった。ここだったら免疫細胞治療の許可を出してくれるかもしれない。もし、外出は無理だとしても、それだったら持ち込みで実行してくれるかもしれない。この病院へ行きたい。相談室を出て病室へ行き、夫に話した。

「良い病院が見つかったよ」と。病院の説明をした。

「うん、うん・・」

布団の中で目を瞑ったまま、私の説明一つ一つに返事をして聞いていた。そして、

「まあくんは、そこで完治する・・」と言った。子供の頃に返っている。それでも病気だということは分かっていて、どんなにかどんなにか治りたいのだろう。夫の思いが、私は・・・、たまらなかった・・。

この病院へ行きたい。早く行って落ち着いた穏やかな時を、夫と一緒に過ごしたい。気分の良い時は、車椅子を私が押して散歩して。そう、散歩して一緒に景色を見るだけでもいい。いろいろな話をして、時には笑い合って話をしたり。それだけでいい。ささやかな安らぎを得たい。穏やかな毎日を一緒に送りたい。

ソーシャルワーカーがK病院の入院相談予約を取ってくれた。面談日前日、病棟から、面談に持って行く紹介状や検査データなどの書類、画像も受け取った。夫がまったく反応しなくなったのは、いよいよ面談というその、前日だった。

面談日、予約時間は午後だったので、昨日私が帰ってから夫の意識は戻ったかと気になりつつも（今日は病院へ行くのが少し遅くなるなぁ）と思いながら早め

に家を出た。駅へ向かう途中の道だった。担当医から私の携帯に電話が入った。ソーシャルワーカーが昨日の状態をK病院に連絡したところ、「状況が変わったので、今回、白紙で」ということだった。私はすんなりと「分かりました」とは言えなかった。楽しみにしていたのに、K病院で穏やかに過ごすのだ、と思っていたのに。

「駄目なのですか？　今、駅に向かっている途中なのですが、行っても面談してもらえないのですか？」

「ええ。向かわれているだろうと思って、病院に着く前に早めにと思い、電話しました。中原さん、仕切り直しでいきましょう」

私は分かり切ったことなのに、また「駄目なのですか？　面談してもらえないのですか？」と、同じ言葉を繰り返していた。

担当医の話では、ソーシャルワーカーはK病院から「今日面談して、明日からよいですよ」という話ももらっていたそうだ。受け入れ態勢は万端だった。

しかし状況が変わり、重篤な患者を今動かすのは危険だ、という判断がされたようだった。担当医は「仕切り直しで」と繰り返した。私は納得するしかなく、電話を切り、J医院に向かった。

病室に入り、夫を見ると、夫は昨日と同じ状態で、声をかけても何の反応もなかった。それでも私は何度か夫に話しかけた。夫は弱くなってから私を名前で呼ぶようになった。それまで名前で呼ばれたことがないとは言わないが、それはたまにしかないことだった。私は夫に触りながら、

「ねぇ、私のこと呼んでよ。ねぇ、『恵子ちゃん』って言ってよ。何か言ってよ」

夫はピクリとも動いてくれなかった。思わず言ってしまった。

「もう『恵子ちゃん』って言ってくれないの・・?」

私の中で、こみ上げるものがあった。でも、でも・・、駄目だ。そんなこと言っちゃ。大丈夫。落ち着いてくる。だって、この人は強い人だもの。今までだって再発を繰り返していても、生きてきたじゃない。大丈夫。そう思って、私は横でずっと夫を見つめていた。

夜になり、担当医と話した。脳のむくみを改善する薬グリセロールを使っているが、あまり効果がない。脳がむくんでいていろいろなところが圧迫され、意識障害が強くなった。心電図モニターで、脈拍・心拍・血圧・酸素など、数字上ではだが問題はない。先は判らないが、今すぐどうこうということではないと思う、という話だった。

私はきっと落ち着く、この状態でもきっと落ち着いてくる、そう思い、「しばらくここにいて、動かせる状態になったらK病院へ行きたいと思います」と言った。

「分かりました」

担当医はそう答えてくれた。

そう、まったく反応しなくなった日が近づいてきた頃だっただろうか。私のことを分かる時もあれば、分からない時もあった。

「私が誰だか分かる？」

「恵子ちゃん・・」

そう言ってくれた時もあったけど、別の日に聞いてみると「○○さん」と。「そうかぁ、○○さんかぁ」私はそう言って、その次の日にまた、聞いてみた。あなたは「△△さん」って言った。

「△△さんかぁ」私がそう言うと、「そう書いてある」って。きっとあなたは会社にいて、前にいる人の首にかけてあるIDホルダーを見て言っているんだね。仕事が好きなんだね。今あなたは職場にいるんだね・・、そう思った。

きれいになって

嘔吐が激しくなったのは意識がなくなってからだっただろうか。大量に吐いた。ものすごく。可哀想に、苦しいだろう。胃の中のものをすべて吐き出したかったのだろう。私は寝間着を持ち帰って洗濯し、翌日二、三枚持って行く。それでも寝間着が足りないほどになっていた。夫は入院してから何も食べなかった。唯一、三日目にゼリーを一口、ほんの少量、口にしただけだった。それでも気持ちが悪くなり、吐きそうになっていた。それから三日後、鼻から管を入れ、栄養を体の中に送った。その栄養が胃の中で溜まりに溜まっていたのだ。

看護師さんは「一度、胃の中を空にした方がいいです。お腹が動いていないし、お通じもあまりないです。溜まりに溜まった胃の中の栄養を全部出してしまった方がいいです」と言った。担当医からも話があった時、同じことを言われた。

「お腹が動いていないし、お通じもあまりなく、栄養が消化されずに残っています。下剤なども使いましたが効果がないです。一度胃の中を空にした方がいいです。肺に入って肺炎になってもいけないですし。鼻からの栄養を止めます」と。

夫は胃の中のものをどんどん出していった。

あとで思うと、体の中をきれいにして余分なものは捨てて、真っさらな自分になって逝きたかったのだろう。

意識がなくなってから三日目、朝、看護師さんから携帯に電話が入った。

「中原さん、この前から意識が薄くなっているので、今日は午前中から来ていただけますか」

「分かりました。今すぐは出られませんが、支度したらすぐ出ます」

病院へ向かった。

病室に入り夫を見ると、前日と特に変わった様子もなく、夫は眠っていた。私が帰ったあとの汚れた寝間着は、いつもビニール袋に入れて、椅子の上に置かれてある。私は看護師さんと二つ三つ言葉を交わしながら、持ってきた寝間着を渡した。緊迫した感じはなかった。夫の横に座り、ずっと夫を見ていた。

昼になった。看護師さんが病室に来たので、「食事して来ていいですか？」と聞いた。

「あ、はい。もちろんです」と笑顔で言ってくれた。

院内のレストランで昼食を済ませ、病室に戻るエレベーターの中だった。携帯が鳴った。

「中原さんの血圧の数字が出なくなりました。すぐ戻って来ていただきたいのですが、今どこですか？」

「病室に戻るエレベーターの中です」

（何、何？　どうしたの？　早く早く、着いて！）

心の中で言っていた。何がなんだか分からなかった。さっきまで意識はなくとも、特に変わった様子はなかったじゃない、そう思って。

エレベーターのドアが開き、小走りで病室へ向かった。部屋の中にはいつも病状などの説明をしてくれる担当医とは別の担当医と、看護師さんがいた。その担当医は「血圧の数字が出なくなりました。心臓はしっかりしていますが悪くなっていくかもしれないので、家族身内で呼びたい人がいたら呼んでください」と言った。

血圧が低くなると全身に血が行きづらい。心臓などを動かしているのは脳が指令を出していて、何かあった時は脳に血がたくさん行くようになっている。そういう時に血が脳に行かない、という話も聞いた。

娘が仕事を休んであわてて駆けつけてきた。担当医から聞いた話をした。私達は見守るしかなかった。心の中で祈るしかなかった。夕方になった。

「血圧の数字が出てきました」

大きくそう言う声を聞いた。

「あー、持ち直したー」

思わず声に出して言っていた。体の力がへろへろと抜けていくようだった。体の力が抜けていくのと同時に（やっぱりこの人は強い人だ）強くそう思った。良かった、良かった。娘も私もどんなにホッとしたことか。

「今日は泊まってください」

「分かりました」

娘と二人になった。家で娘が一人で夜を越すのは、初めてのことだ。

「戸締まり、ちゃんとしてね。気をつけてね」

「分かってる。それより明日、仕事休んだ方がいいかなぁ」

「いいよ。仕事には行きなよ。パパ、持ち直したから大丈夫だよ。またいつ病院から呼ばれるか分からないから、仕事は行ける時行っておいた方がいいよ」

「分かった」

　娘は帰って行った。


　翌朝、「今日も泊まっていただけますか」と言われた。

「家のことも気になりますし・・。泊まった方がいいですか？」

　私は持ち直したし、大丈夫だ、と思っていた。

「できれば」

　絶対に、という強い感じではなかった。私はよけいに大丈夫じゃないかしら、と思ってしまった。

「ちょっと考えます。いったん家に帰っていいですか？」

「できたら、いていただきたいのですが」

「寝間着も洗濯したいですし。寝間着の替えがなくなりますし」

「分かりました」

　また、ここでの入院生活が続くのだもの、寝間着、洗わなくちゃ、そう思った。

私は汚れた寝間着を持って病院を出た。

（いったん家に帰れるのだもの、ほかにもやれることとやっておこう）

私も持病があって定期的に病院に通っている。診察の予約がこの入院中にあったので、予約をキャンセルし、処方箋だけ書いてもらい、薬局に出してあった。私の薬ももうない。薬を取りに行こう。途中私は薬局へ寄り、薬を受け取った。そして（泊まった方がいいかしら、泊まるのだったら）と思い、娘の食べるものなどを買って帰った。

家に着いて洗濯をし、替えの寝間着を用意した。娘からメールが入り、「上司が『昨日の今日だから、今日お仕事休んでいいですよ』って言ってくれた。用事を済ませてから行く」とのことだった。

病棟へ戻ると、事務員さんや看護師さんが「お帰りなさい」と言ってくれた。「ただいま」と笑顔を交わし、病室へ入った。夫に「あなた、よく『恵子ちゃん、自分の病院、ちゃんと行きなよ』って言ってくれてたでしょ。診察は先になったけど、薬はさっきもらってきたから大丈夫。それと、瑛美の上司が『昨日の今日だから、休んでいいですよ』って言ってくれたのだって。だから瑛美も来るからね」

と話した。少しして娘もやって来た。夫は特に変わった様子もなく、眠っていた。娘と私は夫の横でおしゃべりをしていた。

「ママ、やっぱり今日も泊まる」

そう娘に言った。

しばらく話したあと、「六時になったら帰ろうかな」と娘が言った。

「もう少しいなよ。七時くらいまでいたら。それ過ぎると、家に着くの遅くなっちゃうから、七時になったら帰れば」

「うん、そうする」


六時を過ぎたあたりだっただろうか。

「瑛美、ここで晩ご飯食べていけば。ママ、売店でお弁当を買って来て、ここで食べるから、交替で買いに行こう。それとも瑛美はお弁当買って、下で食べる？」

病院には外来患者や見舞客が食事をしたり、休憩したりできるスペースがいくつかある。

「うーん、下で食べてくる」

「分かった。じゃ、食べてきて。瑛美が戻ったらママ買いに行く。急いで戻って来ることないけど、七時までに、ママが買って来れるようには戻ってね」

その時、私達は差し迫ったものは感じていなかった。


娘が食事をして戻って来た。私は病室を出て階下へ行き、一度外に出た。娘が帰ったあとは病室から出られない。外の空気に当たっておこう。深呼吸をした。

そして売店へ向かった。

売店でお弁当と飲みものを選び、レジに並んだ。お弁当を温めてもらっている時だった。携帯が鳴った。

「どこにいらっしゃいますか」

「売店です」

「すぐ戻って来てください」

（えっ、何？　なんだか分からない。何？）

一瞬、頭の中がからっぽになってしまったような感じだった。それでも落ち着いて動こうとする私がいて、だけども私の周りの、目に見えるものがやけにクリアに映り、それは動いていないような、周りが動いているのを見ているのに、それは止まっているような、明らかに普段私が目にしている私の周りとは違っている。次の瞬間、胸が押し潰されそうになり、それでもしっかり立っている自分がいて、するとふと、そんな入り交じった心は消え、波立つ心が私を占め、とにかく、とにかく急いだ。

病室に入った。担当医二人と看護師さん達何人かが夫を取り囲んでいた。娘は椅子に座り、声を押し殺し泣いている。私は近づき、その輪の後ろから夫を見ながら、お弁当と飲みものの入ったビニール袋を冷蔵庫の上に置いた。あわてて置いたのだろう。飲みものが袋から飛び出て床に落ち、ゴロゴロと転がる音がした。

そんなの、どうだっていい。

看護師さんが拾ってくれているような音もした。

それからどのくらい経ったのだろう、数分だったような気もするし、もっと長かったような気もする。夫を取り囲んでいた輪が、緩んだ。私はその輪を突っ切って、思わず夫に触った。担当医が静かに私を制した。私は夫の体から手を離した。

そして、担当医は確認し、

「午後七時です」と言った。

私は、

「おなか！　おなか――!!」と叫んでいた。

ハッとした。娘がいた。なぜだか、結婚した最初の頃まで私が呼んでいた愛称で、呼んでいた。もう二十年以上もそう呼んでいないのに。娘は立ちすくんでいた。

「パパ！　パパ!!」

私はそう叫んだ。

娘が、

「パパぁ、パパぁ・・・」蚊の鳴くような声で立ちすくんだまま、泣きながら夫を呼んだ。

・・・夫は逝ってしまった・・・

夫は娘と私の二人がいる時に、二人だけがいる時に逝きたかったのだろう。もちろん、身内は皆、とても心配してくれている。でも身内のいない時、私達二人だけの時に逝きたかったのだろう。

だから私を待っていた。私が戻るのを待っていた。そして私達二人とギリギリまで一緒にいたいから、娘が帰ると言った七時まで頑張ったのだ。

夫が、日中、私に時間を与えてくれた。そして夫の想いが娘を病院に来られるようにした。そして自分の横で妻と娘が楽しそうにおしゃべりして、自分もその中に入って、それを聞いて、家族三人穏やかな中で逝きたかったのだ。

夫が、どんなに娘と私を大事に想っていたか。

今さらながら、私はひしひしと感じた。

第六章

どうしていますか

私達は特に仲の良かった夫婦ではなかった。

かと言って、仲が悪かったわけでもない、ごくごく普通の夫婦だった。それでも、悲しいし、淋しいし、辛い気持ちがこんなにも大きい。

（大反則だよ、死んじゃうなんて。これから喧嘩する相手もいなくなっちゃった）と思うし、（今まで五年間も頑張ってきたのだから、家族のためにありがとう、安らかに眠って）と思うし、いろんな気持ちが交錯する。

でもやっぱり、（ひどいよ、ひどいよ、死んじゃうなんて）と思ってしまう。

解っている。一番辛かったのは、おなかだって、解っているけど、ひどい、と思ってしまう。

今まで何度も手術して治療して、頑張って一緒に暮らしてきたのだもの、これからもきっと大丈夫、と希望を失っていなかった。主治医から「末期」という言葉が出て、とても辛い気持ちになる時も、もちろん、たくさんあった。

だけど、大丈夫、と信じていた。

「死」という言葉が頭の中をまったくよぎらなかった、と言えば嘘になる。こんなに大変な病気なのだもの、頭をよぎることはあった。だけど、そのたび否定して、そんなことないって打ち消して、前を向いてきた。それなのに・・・。一人になると悲しくて涙が止まらない。

この五年の中には、一生懸命やっていても、何かが足りなかったのかもしれないけれど、嫌な言い方されたり怒鳴られたり、分かってもらえなかったりで、うん、この五年間だけじゃない。結婚してから喧嘩もしたし、夫も私に対してそうだったと思うけれど、夫に頭にくることはたくさんあった。だけど死なれてしまうと、よいところばかりが想い出される。悲しくってたまらない。ずるいよ。おなか、ずるいよ。

生きていて欲しかった。信じていた、夫の生命力を。強い人だって。信じていたけど、死んでしまったと思うと、弱くなってからの最後の日々は本当に可哀想だった。骨と皮になって、癌が脳にまで行ってしまって。


どうしていなくなっちゃったの。どうして。

今になって分かる。喧嘩したって何したって、特別なことがなくたって、ありふれた日常が幸せなの。普段の普通の会話、たわいもないこと言い合ったり、笑って話したり。

一緒に生活してきて、一緒にいろいろなことをして、一緒に娘を守ってきて。苦しいことも楽しいことも。好きとか嫌いとかじゃない、そんな気持ち通り越している。

私にとって、あなたは大事な夫だったんだ。私にとって、おなかは、いなくてはならない人だったんだ。そんなあなたの命が、まるで手のひらから砂がこぼれ落ちていくように、止めようがなく、はかなく消えていってしまった・・。

夫は今どこにいるのだろう。何をしているのだろう。天国にいて、大好きな旅行をしているのかな。安らかでいてくれるだろうか。最後の日々、あんなに辛かったのだから、痛みも苦しみもなく、穏やかにいて欲しい。

夫が最後に考えていた旅行、どこに行きたかったのだろう。それがどこかは分からないけれど、少しずつ少しずつ落ち着いて、少しでも心にゆとりができたら、夫の写真を持って、一緒に旅行に行きたい。

いつになるか分からないけれど、あなたのような素晴らしいスケジュールは立てられないけど、一緒に行こうね、おなか。それを楽しみにしていてね。

亡くなる前の年、最後のプレゼントになってしまったバースデーケーキ。ちなみにケーキのとなりの包みは娘から

休日は娘をよく散歩や公園に連れていってくれた

伊豆めぐりツアー。バスで回って船にも乗り、レジャーランドにも行った

盛岡市内中心部を回る循環バス

盛岡手づくり村から帰る路線バスのバス停で待つ夫（奥）と娘

エピローグ

二〇一六年、また、大地震が起こりました。被害の大きかった台風もありました。

被災されたすべての方々に、心からお見舞い申し上げます。

たくさんの方々が大変な思いをしていらっしゃいます。小さなお子さんを抱えていたり、お年寄りを抱えている方達はなおさらでしょう。

私は思います。

(私の住んでいるところで、そんな災害が起きたら、どうしよう)と。(娘と私で荷物を半分ずつ持ち、私が夫を支えて避難するしかない。夫はまともに歩けない。なんとか歩けたとしても、ゆっくりとしか進めない。避難所に無事にたどり着けるだろうか。でもとにかく何としても連れていくしかない）と。

もう夫はいない、と解っているのに、私はそう考えてしまいます。解っているのだけど、私はまだ夫がいると思っているのでしょうか。

いろいろなことを考えてしまうし、いろいろな想いが頭をめぐります。でも最後には、とにかく夫が安らかにいて欲しい、という想いにたどり着きます。

夫が安らかにいてくれることだけを願っています。

著者プロフィール

中原 恵子（なかはら けいこ）
1959年、東京に生まれる。
実践女子短期大学卒業。
クレジットカード会社に入社。
結婚退職。
20年間の専業主婦生活の後、パート社員として銀行に入行。
3年間勤務の後、退職。
その後また専業主婦に戻り、現在に至る。
著書に『七夕の夜』（文芸社・2013年）がある。

手のひらから

2017年11月28日　初版第1刷発行

著　者　中原 恵子
発行者　瓜谷 綱延
発行所　株式会社文芸社
〒160-0022　東京都新宿区新宿1－10－1
電話　03-5369-3060（代表）
03-5369-2299（販売）

印刷所　株式会社フクイン

ISBN978-4-286-17613-0